PRIETITA
AND THE
GHOST WOMAN

───────

PRIETITA Y LA LLORONA

STORY BY/ESCRITO POR
GLORIA ANZALDÚA

PICTURES BY/ILUSTRADO POR
MAYA CHRISTINA GONZALEZ

CHILDREN'S BOOK PRESS
AN IMPRINT OF **LEE AND LOW BOOKS INC.**
NEW YORK

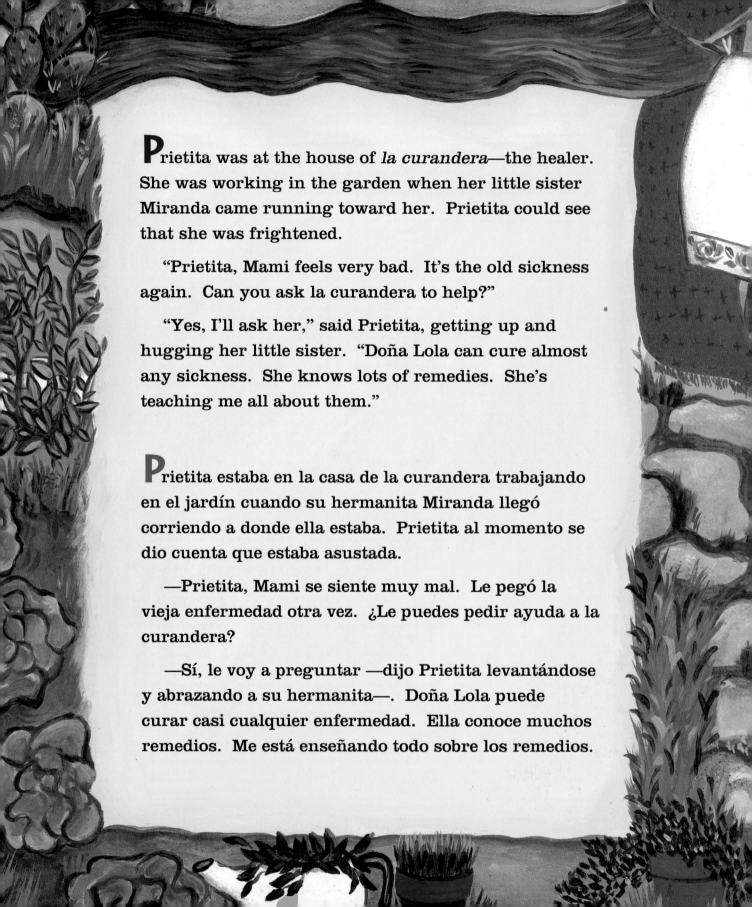

Prietita was at the house of *la curandera*—the healer. She was working in the garden when her little sister Miranda came running toward her. Prietita could see that she was frightened.

"Prietita, Mami feels very bad. It's the old sickness again. Can you ask la curandera to help?"

"Yes, I'll ask her," said Prietita, getting up and hugging her little sister. "Doña Lola can cure almost any sickness. She knows lots of remedies. She's teaching me all about them."

Prietita estaba en la casa de la curandera trabajando en el jardín cuando su hermanita Miranda llegó corriendo a donde ella estaba. Prietita al momento se dio cuenta que estaba asustada.

—Prietita, Mami se siente muy mal. Le pegó la vieja enfermedad otra vez. ¿Le puedes pedir ayuda a la curandera?

—Sí, le voy a preguntar —dijo Prietita levantándose y abrazando a su hermanita—. Doña Lola puede curar casi cualquier enfermedad. Ella conoce muchos remedios. Me está enseñando todo sobre los remedios.

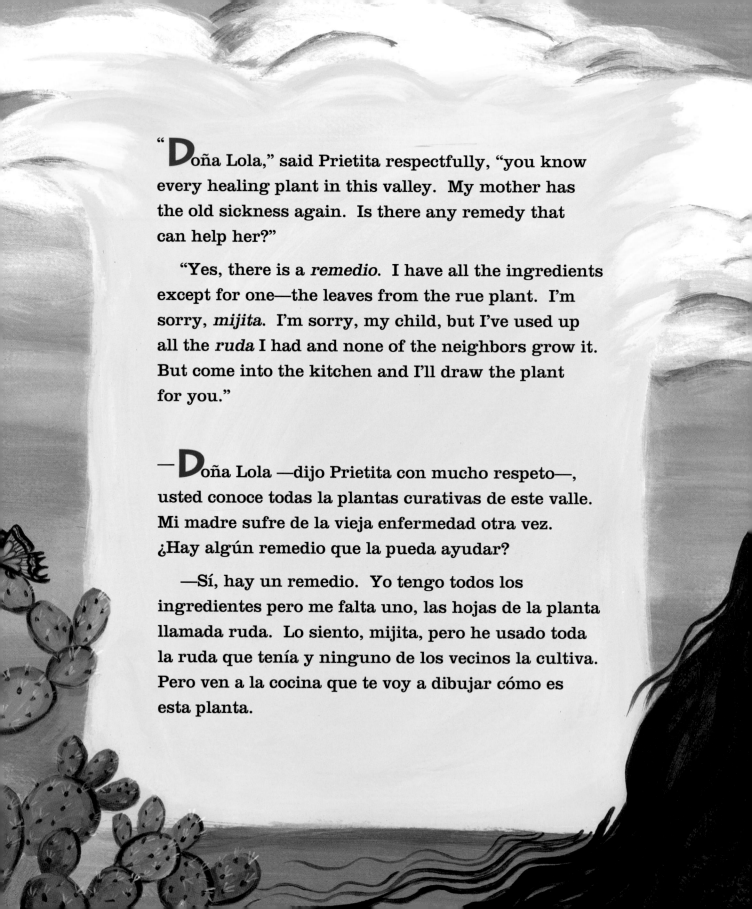

"Doña Lola," said Prietita respectfully, "you know every healing plant in this valley. My mother has the old sickness again. Is there any remedy that can help her?"

"Yes, there is a *remedio*. I have all the ingredients except for one—the leaves from the rue plant. I'm sorry, *mijita*. I'm sorry, my child, but I've used up all the *ruda* I had and none of the neighbors grow it. But come into the kitchen and I'll draw the plant for you."

—Doña Lola —dijo Prietita con mucho respeto—, usted conoce todas la plantas curativas de este valle. Mi madre sufre de la vieja enfermedad otra vez. ¿Hay algún remedio que la pueda ayudar?

—Sí, hay un remedio. Yo tengo todos los ingredientes pero me falta uno, las hojas de la planta llamada ruda. Lo siento, mijita, pero he usado toda la ruda que tenía y ninguno de los vecinos la cultiva. Pero ven a la cocina que te voy a dibujar cómo es esta planta.

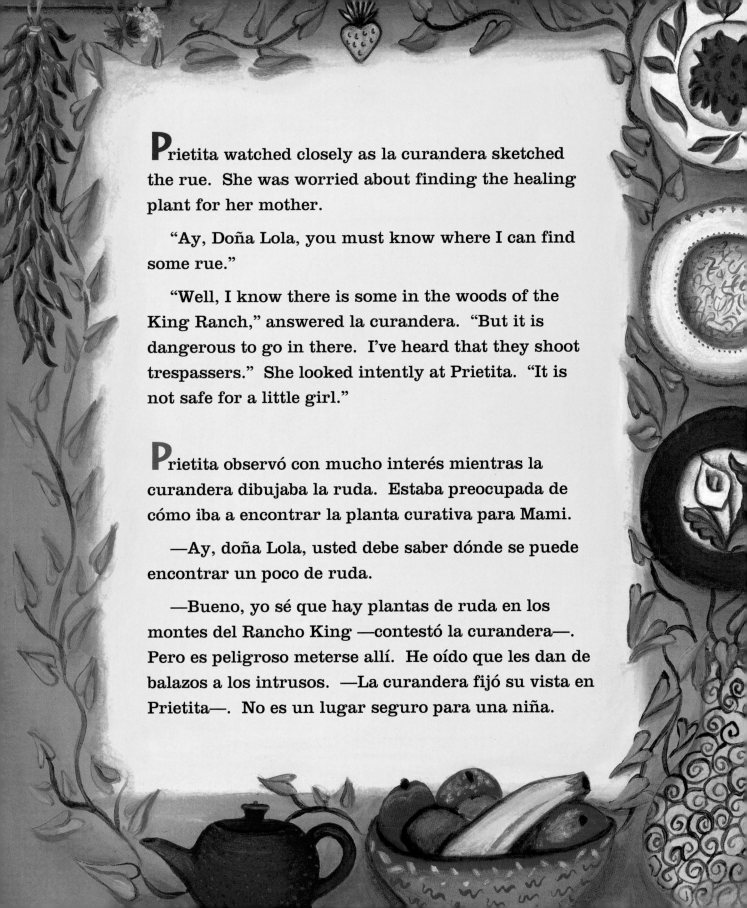

Prietita watched closely as la curandera sketched the rue. She was worried about finding the healing plant for her mother.

"Ay, Doña Lola, you must know where I can find some rue."

"Well, I know there is some in the woods of the King Ranch," answered la curandera. "But it is dangerous to go in there. I've heard that they shoot trespassers." She looked intently at Prietita. "It is not safe for a little girl."

Prietita observó con mucho interés mientras la curandera dibujaba la ruda. Estaba preocupada de cómo iba a encontrar la planta curativa para Mami.

—Ay, doña Lola, usted debe saber dónde se puede encontrar un poco de ruda.

—Bueno, yo sé que hay plantas de ruda en los montes del Rancho King —contestó la curandera—. Pero es peligroso meterse allí. He oído que les dan de balazos a los intrusos. —La curandera fijó su vista en Prietita—. No es un lugar seguro para una niña.

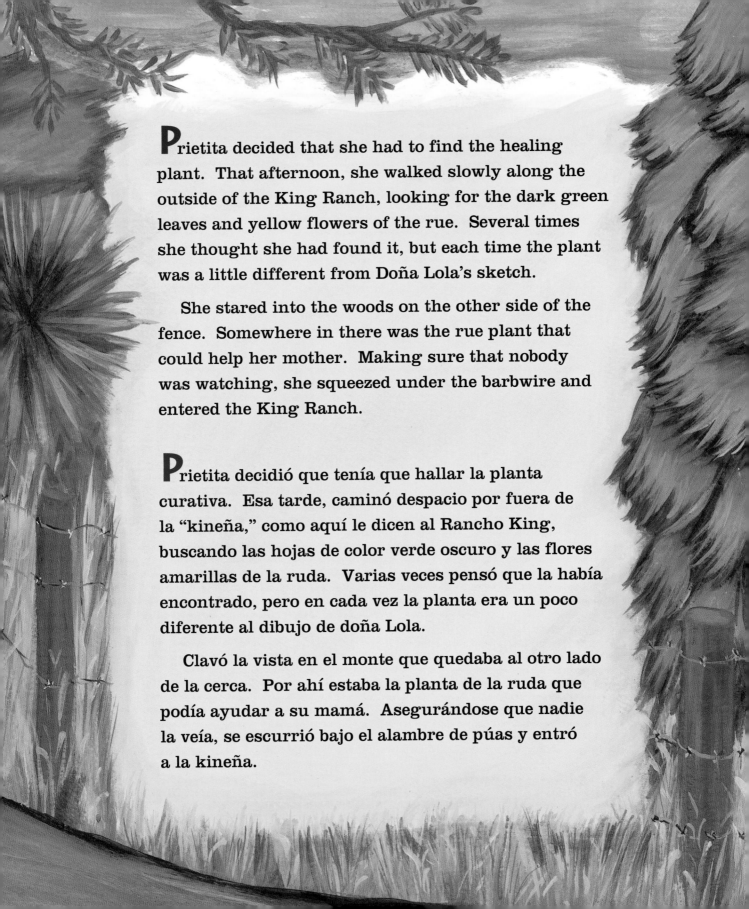

Prietita decided that she had to find the healing plant. That afternoon, she walked slowly along the outside of the King Ranch, looking for the dark green leaves and yellow flowers of the rue. Several times she thought she had found it, but each time the plant was a little different from Doña Lola's sketch.

She stared into the woods on the other side of the fence. Somewhere in there was the rue plant that could help her mother. Making sure that nobody was watching, she squeezed under the barbwire and entered the King Ranch.

Prietita decidió que tenía que hallar la planta curativa. Esa tarde, caminó despacio por fuera de la "kineña," como aquí le dicen al Rancho King, buscando las hojas de color verde oscuro y las flores amarillas de la ruda. Varias veces pensó que la había encontrado, pero en cada vez la planta era un poco diferente al dibujo de doña Lola.

Clavó la vista en el monte que quedaba al otro lado de la cerca. Por ahí estaba la planta de la ruda que podía ayudar a su mamá. Asegurándose que nadie la veía, se escurrió bajo el alambre de púas y entró a la kineña.

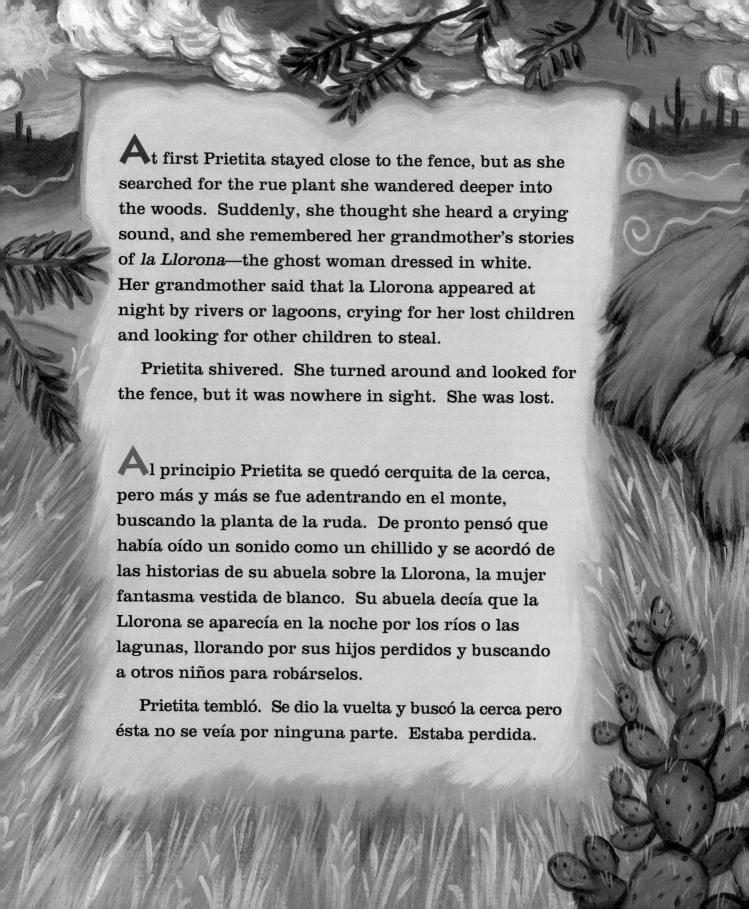

At first Prietita stayed close to the fence, but as she searched for the rue plant she wandered deeper into the woods. Suddenly, she thought she heard a crying sound, and she remembered her grandmother's stories of *la Llorona*—the ghost woman dressed in white. Her grandmother said that la Llorona appeared at night by rivers or lagoons, crying for her lost children and looking for other children to steal.

Prietita shivered. She turned around and looked for the fence, but it was nowhere in sight. She was lost.

Al principio Prietita se quedó cerquita de la cerca, pero más y más se fue adentrando en el monte, buscando la planta de la ruda. De pronto pensó que había oído un sonido como un chillido y se acordó de las historias de su abuela sobre la Llorona, la mujer fantasma vestida de blanco. Su abuela decía que la Llorona se aparecía en la noche por los ríos o las lagunas, llorando por sus hijos perdidos y buscando a otros niños para robárselos.

Prietita tembló. Se dio la vuelta y buscó la cerca pero ésta no se veía por ninguna parte. Estaba perdida.

She smelled water, and soon she saw a white-tail deer standing by a lagoon, dipping her head to drink. Prietita went quietly up to the deer and whispered, "Please, *venadita*, little deer, can you help me find some rue?"

The deer lifted her head and stared at Prietita. She made a soft sound and began to move into the woods. Prietita thought she heard her say, "Follow me," so she started after her. But the huisache, live oak, and cactus got in the way. Soon the deer was out of sight.

Respiró el olor del agua y pronto vio una venadita con una colita blanca que parada junto a la laguna, agachaba la cabeza para beber. Prietita sin hacer ruido se le acercó a la venadita y le dijo en voz baja: —Por favor, venadita, ¿me puedes ayudar para encontrar un poco de ruda?

La venadita levantó su cabeza y miró a Prietita. Hizo un sonido suave y comenzó a dirigirse hacia el monte. Prietita pensó que le había dicho: "Sígueme", así que la siguió pero los huizaches, los encinos y los nopales se lo impidieron. Pronto la venadita no se veía por ningún lado.

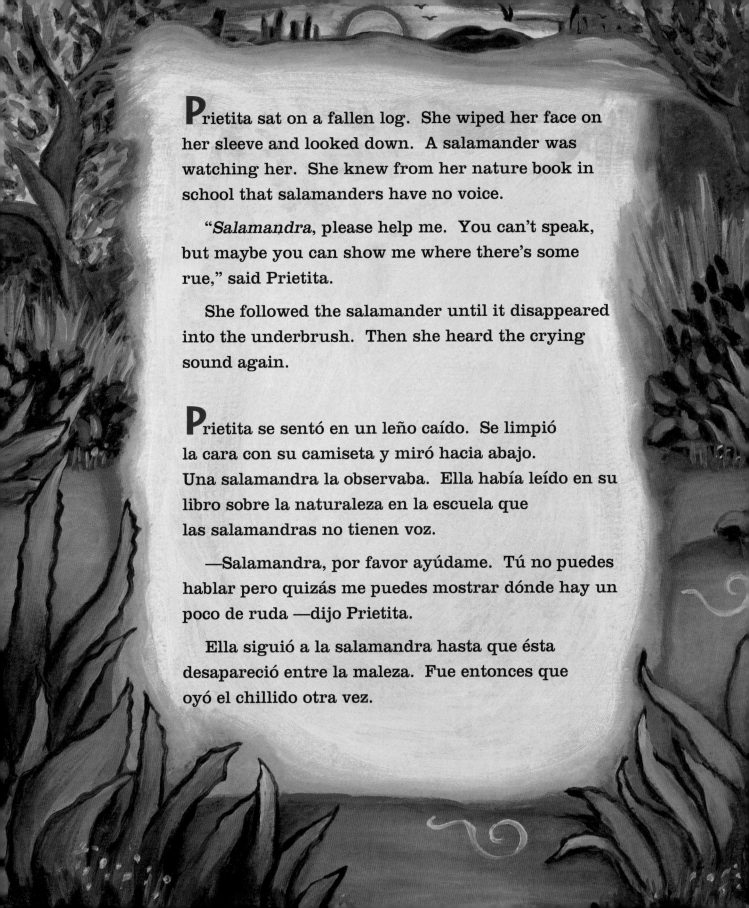

Prietita sat on a fallen log. She wiped her face on her sleeve and looked down. A salamander was watching her. She knew from her nature book in school that salamanders have no voice.

"*Salamandra*, please help me. You can't speak, but maybe you can show me where there's some rue," said Prietita.

She followed the salamander until it disappeared into the underbrush. Then she heard the crying sound again.

Prietita se sentó en un leño caído. Se limpió la cara con su camiseta y miró hacia abajo. Una salamandra la observaba. Ella había leído en su libro sobre la naturaleza en la escuela que las salamandras no tienen voz.

—Salamandra, por favor ayúdame. Tú no puedes hablar pero quizás me puedes mostrar dónde hay un poco de ruda —dijo Prietita.

Ella siguió a la salamandra hasta que ésta desapareció entre la maleza. Fue entonces que oyó el chillido otra vez.

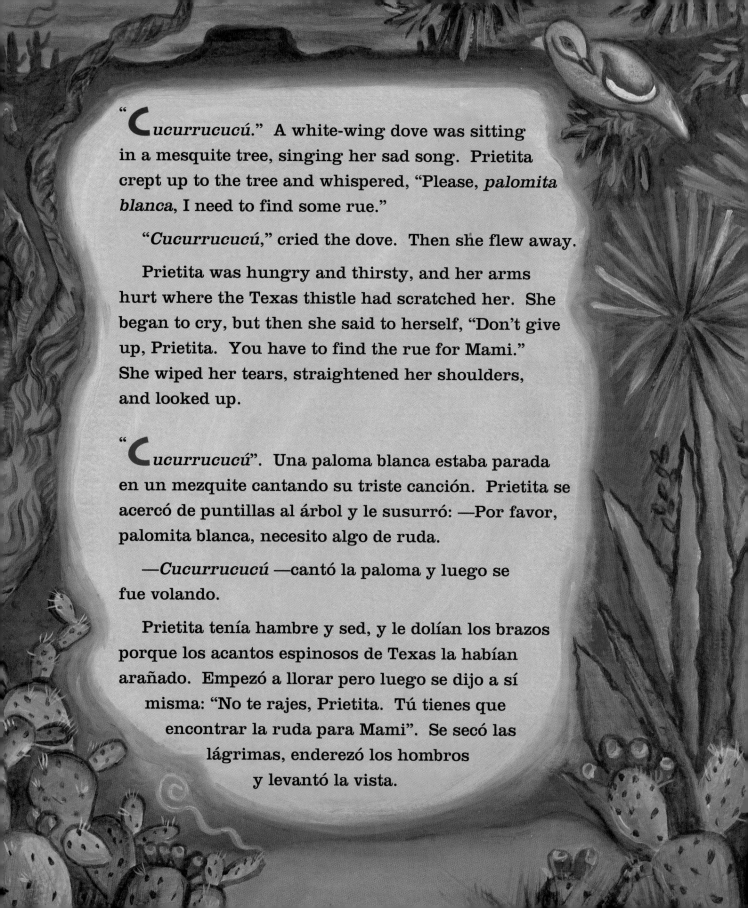

"*Cucurrucucú*." A white-wing dove was sitting in a mesquite tree, singing her sad song. Prietita crept up to the tree and whispered, "Please, *palomita blanca*, I need to find some rue."

"*Cucurrucucú*," cried the dove. Then she flew away.

Prietita was hungry and thirsty, and her arms hurt where the Texas thistle had scratched her. She began to cry, but then she said to herself, "Don't give up, Prietita. You have to find the rue for Mami." She wiped her tears, straightened her shoulders, and looked up.

"*Cucurrucucú*". Una paloma blanca estaba parada en un mezquite cantando su triste canción. Prietita se acercó de puntillas al árbol y le susurró: —Por favor, palomita blanca, necesito algo de ruda.

—*Cucurrucucú* —cantó la paloma y luego se fue volando.

Prietita tenía hambre y sed, y le dolían los brazos porque los acantos espinosos de Texas la habían arañado. Empezó a llorar pero luego se dijo a sí misma: "No te rajes, Prietita. Tú tienes que encontrar la ruda para Mami". Se secó las lágrimas, enderezó los hombros y levantó la vista.

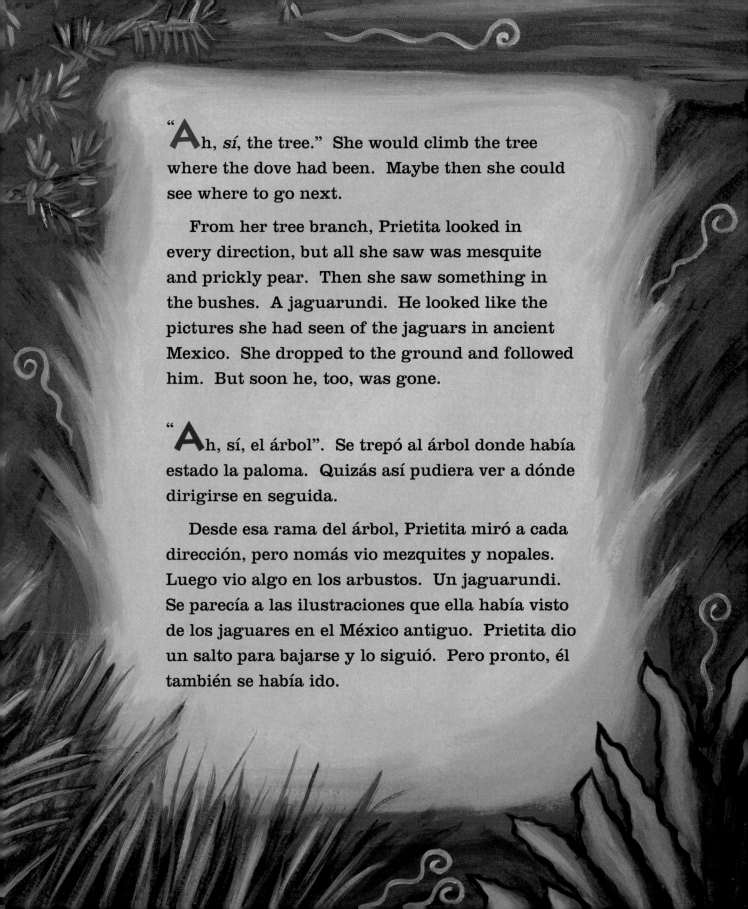

"**A**h, *sí*, the tree." She would climb the tree where the dove had been. Maybe then she could see where to go next.

From her tree branch, Prietita looked in every direction, but all she saw was mesquite and prickly pear. Then she saw something in the bushes. A jaguarundi. He looked like the pictures she had seen of the jaguars in ancient Mexico. She dropped to the ground and followed him. But soon he, too, was gone.

"**A**h, sí, el árbol". Se trepó al árbol donde había estado la paloma. Quizás así pudiera ver a dónde dirigirse en seguida.

Desde esa rama del árbol, Prietita miró a cada dirección, pero nomás vio mezquites y nopales. Luego vio algo en los arbustos. Un jaguarundi. Se parecía a las ilustraciones que ella había visto de los jaguares en el México antiguo. Prietita dio un salto para bajarse y lo siguió. Pero pronto, él también se había ido.

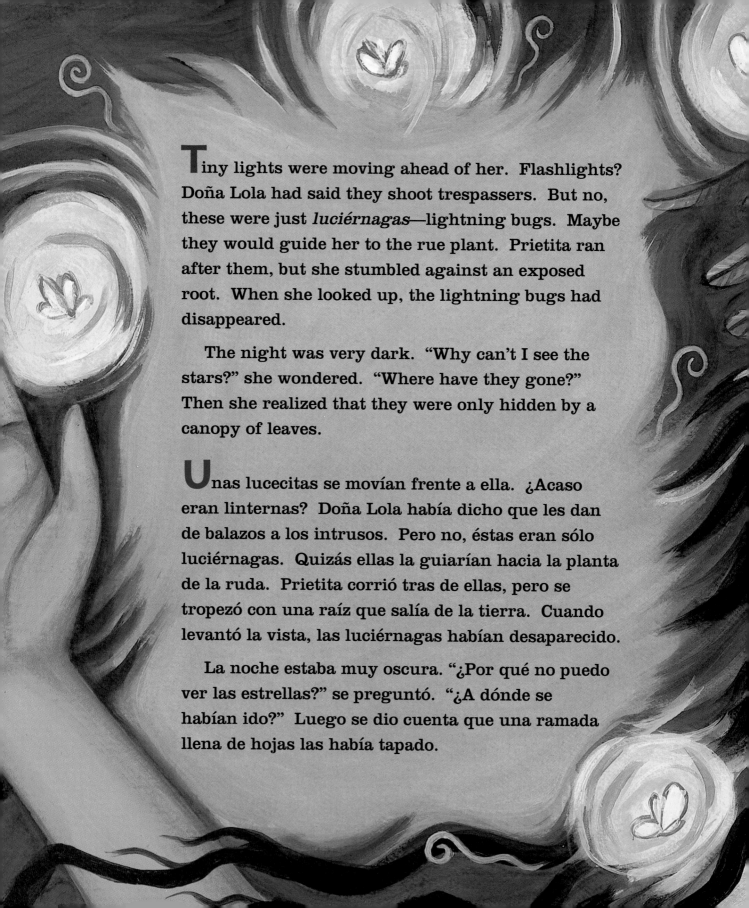

Tiny lights were moving ahead of her. Flashlights? Doña Lola had said they shoot trespassers. But no, these were just *luciérnagas*—lightning bugs. Maybe they would guide her to the rue plant. Prietita ran after them, but she stumbled against an exposed root. When she looked up, the lightning bugs had disappeared.

The night was very dark. "Why can't I see the stars?" she wondered. "Where have they gone?" Then she realized that they were only hidden by a canopy of leaves.

Unas lucecitas se movían frente a ella. ¿Acaso eran linternas? Doña Lola había dicho que les dan de balazos a los intrusos. Pero no, éstas eran sólo luciérnagas. Quizás ellas la guiarían hacia la planta de la ruda. Prietita corrió tras de ellas, pero se tropezó con una raíz que salía de la tierra. Cuando levantó la vista, las luciérnagas habían desaparecido.

La noche estaba muy oscura. "¿Por qué no puedo ver las estrellas?" se preguntó. "¿A dónde se habían ido?" Luego se dio cuenta que una ramada llena de hojas las había tapado.

Again Prietita heard a faint crying sound, but not like the sound of the dove. This time she was sure it was a woman crying. She wanted to run away, but she forced herself to walk toward the sound.

Soon she came into an open area where the moon was reflected on the surface of a lagoon. Prietita looked across the lagoon and saw a flash of white in the trees. Then she saw a dark woman dressed in white emerge from the trees and float above the water.

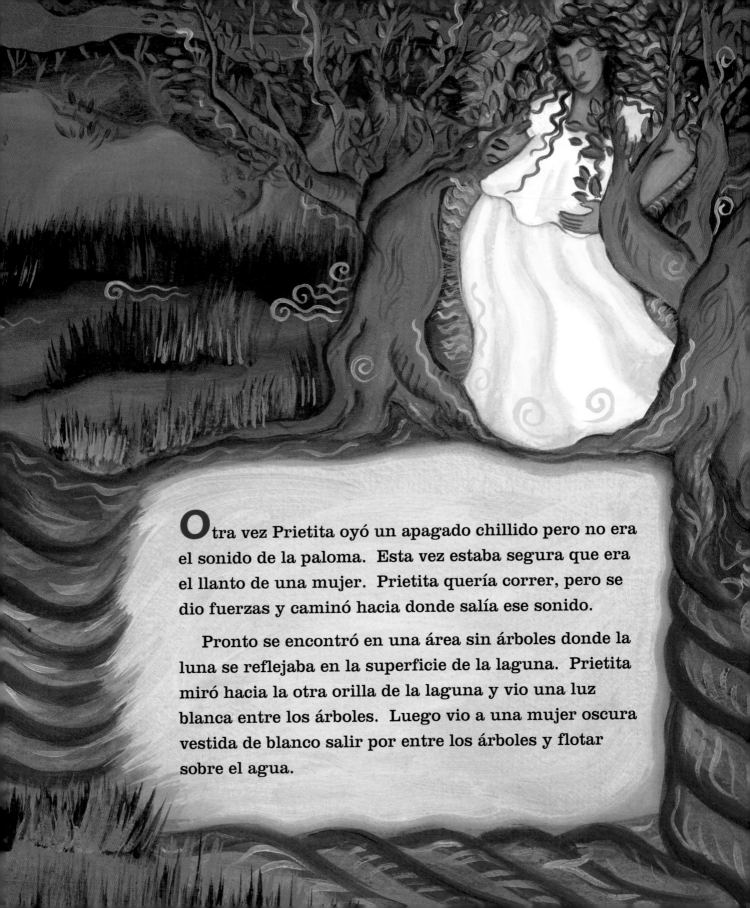

Otra vez Prietita oyó un apagado chillido pero no era el sonido de la paloma. Esta vez estaba segura que era el llanto de una mujer. Prietita quería correr, pero se dio fuerzas y caminó hacia donde salía ese sonido.

Pronto se encontró en una área sin árboles donde la luna se reflejaba en la superficie de la laguna. Prietita miró hacia la otra orilla de la laguna y vio una luz blanca entre los árboles. Luego vio a una mujer oscura vestida de blanco salir por entre los árboles y flotar sobre el agua.

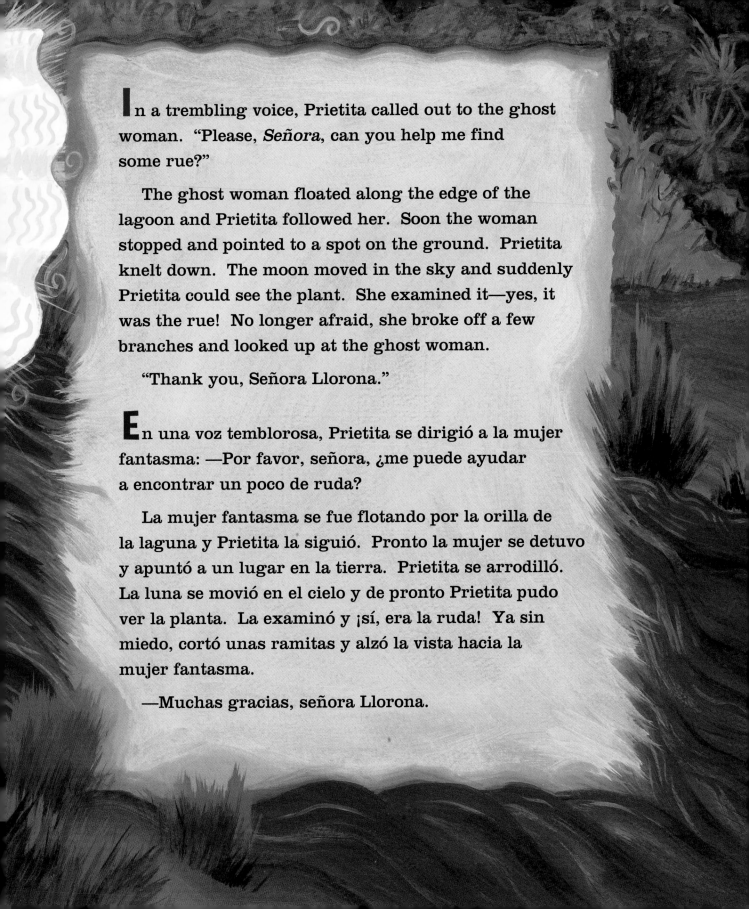

In a trembling voice, Prietita called out to the ghost woman. "Please, *Señora*, can you help me find some rue?"

The ghost woman floated along the edge of the lagoon and Prietita followed her. Soon the woman stopped and pointed to a spot on the ground. Prietita knelt down. The moon moved in the sky and suddenly Prietita could see the plant. She examined it—yes, it was the rue! No longer afraid, she broke off a few branches and looked up at the ghost woman.

"Thank you, Señora Llorona."

En una voz temblorosa, Prietita se dirigió a la mujer fantasma: —Por favor, señora, ¿me puede ayudar a encontrar un poco de ruda?

La mujer fantasma se fue flotando por la orilla de la laguna y Prietita la siguió. Pronto la mujer se detuvo y apuntó a un lugar en la tierra. Prietita se arrodilló. La luna se movió en el cielo y de pronto Prietita pudo ver la planta. La examinó y ¡sí, era la ruda! Ya sin miedo, cortó unas ramitas y alzó la vista hacia la mujer fantasma.

—Muchas gracias, señora Llorona.

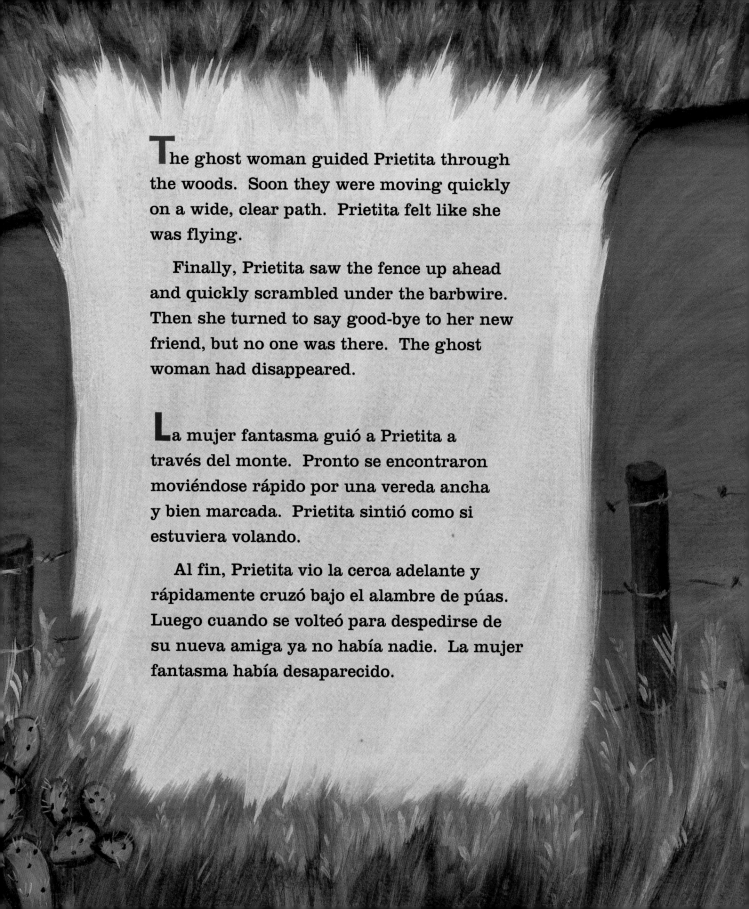

The ghost woman guided Prietita through the woods. Soon they were moving quickly on a wide, clear path. Prietita felt like she was flying.

Finally, Prietita saw the fence up ahead and quickly scrambled under the barbwire. Then she turned to say good-bye to her new friend, but no one was there. The ghost woman had disappeared.

La mujer fantasma guió a Prietita a través del monte. Pronto se encontraron moviéndose rápido por una vereda ancha y bien marcada. Prietita sintió como si estuviera volando.

Al fin, Prietita vio la cerca adelante y rápidamente cruzó bajo el alambre de púas. Luego cuando se volteó para despedirse de su nueva amiga ya no había nadie. La mujer fantasma había desaparecido.

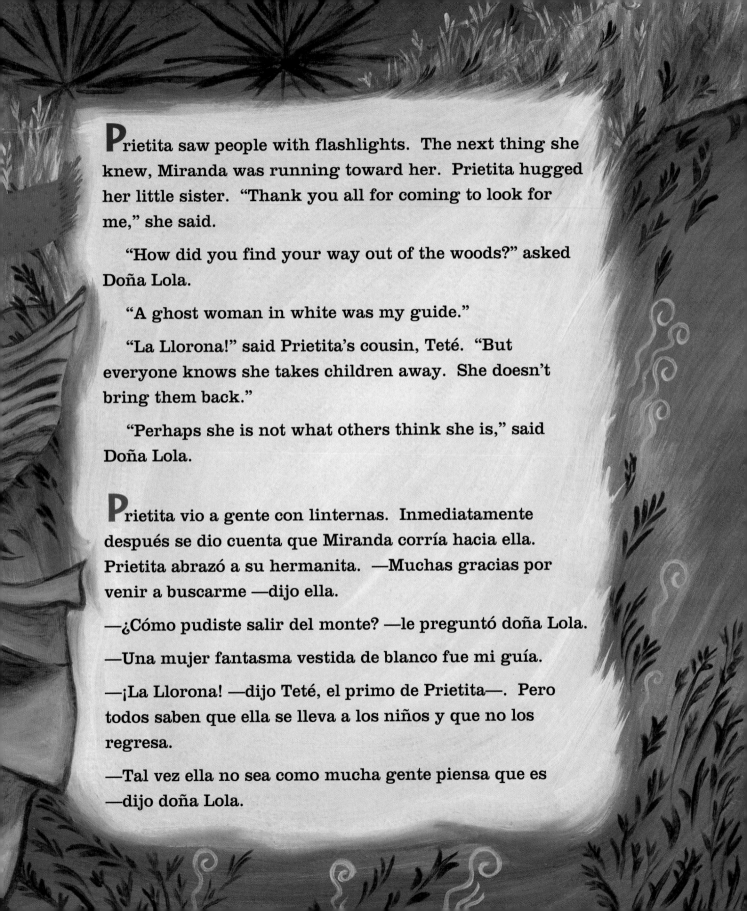

Prietita saw people with flashlights. The next thing she knew, Miranda was running toward her. Prietita hugged her little sister. "Thank you all for coming to look for me," she said.

"How did you find your way out of the woods?" asked Doña Lola.

"A ghost woman in white was my guide."

"La Llorona!" said Prietita's cousin, Teté. "But everyone knows she takes children away. She doesn't bring them back."

"Perhaps she is not what others think she is," said Doña Lola.

Prietita vio a gente con linternas. Inmediatamente después se dio cuenta que Miranda corría hacia ella. Prietita abrazó a su hermanita. —Muchas gracias por venir a buscarme —dijo ella.

—¿Cómo pudiste salir del monte? —le preguntó doña Lola.

—Una mujer fantasma vestida de blanco fue mi guía.

—¡La Llorona! —dijo Teté, el primo de Prietita—. Pero todos saben que ella se lleva a los niños y que no los regresa.

—Tal vez ella no sea como mucha gente piensa que es —dijo doña Lola.

Silently, Prietita pushed the rue branches into the hands of la curandera. "*Gracias*, mijita. Thank you, my child," said Doña Lola. Prietita smiled.

"Come, let's go home," said Doña Lola. "It is late. I'll walk you and Miranda to your mother's house."

"Thank you, Señora," said Prietita.

"Tomorrow, I'll show you how to prepare the healing remedio for your mother," said Doña Lola. "I am very proud of you. You have grown up this night."

En silencio, Prietita puso las ramitas de ruda en manos de la curandera. —Gracias, mijita —dijo doña Lola. Prietita se sonrió.

—Ven, vámonos a casa —dijo doña Lola—. Es tarde. Las acompañaré a ti y a Miranda hasta la casa de tu mamá.

—Muchas gracias, señora —dijo Prietita.

—Mañana te mostraré cómo se prepara el remedio curativo para tu mamá —dijo doña Lola—. Me siento muy orgullosa de ti. Esta noche has crecido.

When I was a little girl growing up in South Texas near the King Ranch, my *mamagrande*, my grandmother, used to tell me scary stories about la Llorona, the ghost woman. These stories were well known throughout the Southwest and in Mexico. All the children were afraid of la Llorona—I was afraid too, but even at that age I wondered if there was another side to her. As I grew older and studied the roots of my Chicana/*Mexicana* culture, I discovered that there really was another side to la Llorona—a powerful, positive side, a side that represents the Indian part and the female part of us. I discovered, like Prietita, that things are not always what they seem to be. In this story I want to convey my respect for *las curanderas*, the traditional healers of my people. They know many things about healing that Western doctors are just beginning to learn. And I want to encourage children to look beneath the surface of what things seem to be in order to discover the truths that may be hidden. —*Gloria Anzaldúa*

Gloria Anzaldúa is a major Mexican American/Chicana literary voice. Her first book for Children's Book Press, **Friends from the Other Side/*Amigos del otro lado,*** about a brave young girl's friendship with an immigrant boy and his mother, was praised by *School Library Journal* as "an important book touching on a timely and sensitive issue." Gloria grew up in South Texas and lives in Santa Cruz, California.

Maya Christina Gonzalez is a painter, graphic artist, and jeweler. She feels a deep and personal connection with the figure of la Llorona, viewing her as a metaphor for Prietita's, as well as her own, creativity and spiritual growth. Maya spent much of her childhood living in the Oregon wilderness, and now lives in San Francisco, California.

I dedicate this *librito* to *mi primita* Miranda Garza to whom I first told this story. —G.A.
With all my love to Wendy Raw. —M.C.G.

Story copyright © 1995 by Gloria Anzaldúa
Pictures copyright © 1995 by Maya Christina Gonzalez
Children's Book Press, *an imprint of* LEE & LOW BOOKS INC., 95 Madison Avenue, New York, NY 10016, leeandlow.com

Book design: Katherine Tillotson
Book production: The Kids at Our House
Book editors: Harriet Rohmer, David Schecter
Consulting Editor: Francisco X. Alarcón

Thanks to Maria Pinedo and Emilia "Mia" Gonzalez of Galería de la Raza in San Francisco, and to Betty Pazmiño and Helen Sweetland for their help.

I'd like to acknowledge and thank: Harriet Rohmer who asked me to start writing for children, Lucille Cliffton who introduced me to the craft in her class at UCSC, Lynda Marin my comadre in writing who took the class with me, Francisco Alarcón who enthusiastically read my cuentos, and David Schecter for his insightful reading of my work. —*Gloria Anzaldúa*

Library of Congress Cataloging-in-Publication Data
Anzaldúa, Gloria.
Prietita and the ghost woman / story by Gloria Anzaldúa; pictures by Maya Christina Gonzalez = Prietita y la Llorona / escrito por Gloria Anzaldúa; ilustrado por Maya Christina Gonzalez.   p.   cm.
Summary: Prietita, a young Mexican American girl, becomes lost in her search for an herb to cure her mother and is aided by the legendary ghost woman.
ISBN 978-0-89239-167-7 (paperback)
[1. Llorona (Legendary character)--Fiction. 2. Texas--Fiction. 3. Mexican Americans--Fiction.] I. Gonzalez, Maya Christina, ill. II. Title.
PZ73.A592   1995   [Fic]--dc20   95-37573   CIP   AC

Manufactured in China by Jade Productions
First edition   15   14   13   12   11   10   9   8